Todos los libros de Linkgua Ediciones cuentan con modelos de Inteligencia Artificial entrenados por hispanistas. Pregúntale al chat de tu libro lo que desees acerca de la obra o su autor/a.

Para **ebooks**: Accede a nuestro modelo de IA a través de este enlace.

Para **libros impresos**: Escanea el código QR de la portada con tu dispositivo móvil.

Obtén análisis detallados de nuestros libros, resúmenes, respuestas a tus preguntas y accede a nuestras ediciones críticas generativas para una experiencia de lectura más enriquecedora.
La transparencia y el respeto hacia la autoría de las fuentes utilizadas son distintivos básicos de nuestro proyecto. Por ello, las respuestas ofrecen, mediante un sistema de citas, las fuentes con las que han sido elaboradas.

Juan Valera

El doble sacrificio

Barcelona 2024
Linkgua-ediciones.com

Créditos

Título original: El doble sacrificio.

© 2024, Red ediciones S.L.

e-mail: info@Linkgua-ediciones.com

Diseño de cubierta: Michel Mallard.

ISBN rústica: 978-84-9816-321-6.
ISBN ebook: 978-84-9897-944-2.

Sumario

Brevísima presentación

La vida

Juan Valera (18 de octubre de 1824, Cabra). España.
Era hijo de José Valera y Viaña, oficial de la Marina, y de
Dolores Alcalá-Galiano y Pareja, marquesa de la Paniega.
Tuvo dos hermanas, Sofía y Ramona y un hermanastro: José
Freuller y Alcalá-Galiano.

Su padre vivió de joven en Calcuta y adoptó posiciones
liberales. Por ello fue removido de su puesto. Tras la muerte
de Fernando VII en 1834, el nuevo gobierno liberal fue re-
habilitado y se le nombró comandante de armas de Cabra y
después gobernador de Córdoba.

La madre se opuso a que Juan Valera siguiera la carrera
militar. Este estudió Lengua y Filosofía en el seminario de
Málaga entre 1837 y 1840 y en el colegio Sacromonte de
Granada, en 1841. Luego estudió Filosofía y Derecho en la
Universidad de Granada, donde se graduó en 1846.

En 1844 publicó primer libro de poemas. Leyó mucha
poesía, y en particular a José de Espronceda, y a los clásicos
latinos: Catulo, Propercio y Horacio. Hacia 1847 empezó a
ejercer la carrera diplomática en Nápoles junto al embaja-
dor Ángel de Saavedra, duque de Rivas. Vuelto a Madrid,
frecuentó las tertulias y los círculos diplomáticos a fin de
conseguir un puesto como funcionario del Estado.

Así viajó por Europa y América. En Lisboa empezó su
amor por la cultura portuguesa y el iberismo político. De
regreso a España, empezó a escribir y publicar ensayos en
1853 en la *Revista Española de Ambos Mundos*; en 1854
fracasó en un intento de ser diputado, y por entonces estuvo

en los consulados de España en Frankfurt y Dresde con el cargo de secretario de embajada.

Hacia 1857 se fue seis meses con el duque de Osuna a San Petersburgo; polemizó con Emilio Castelar en *La Discusión*, y escribió su ensayo *De la doctrina del progreso con relación a la doctrina cristiana*. Asimismo, tras ser elegido diputado por Archidona en 1858, escribió en numerosas revistas como redactor, colaborador o director.

El 5 de diciembre de 1867 se casó en París con Dolores Delavat, veinte años más joven y natural de Río de Janeiro, y tuvo tres hijos: Carlos Valera, Luis Valera y Carmen Valera, nacidos en 1869, 1870 y 1872.

Durante la Revolución española de 1868 fue un cronista de los hechos y escribió los artículos «De la revolución y la libertad religiosa» y «Sobre el concepto que hoy se forma de España».

Juan Valera fue elegido senador por Córdoba en 1872 y en ese mismo año fue director general de Instrucción pública; en 1874 publicó su obra más célebre, *Pepita Jiménez* y, en esa época, conoció a Marcelino Menéndez Pelayo, con quien hizo gran amistad.

En 1895 perdió casi por completo la vista, se jubiló y volvió a Madrid; allí publicó *Juanita la Larga* (1895), y *Morsamor* (1899); frecuentó diversas tertulias y tuvo una en su propia casa.

Valera fue elegido miembro de la Academia de Ciencias Morales y Políticas en 1904. Murió en Madrid el 18 de abril de 1905 y fue enterrado en la sacramental de San Justo.

Sus restos fueron exhumados en 1975 y llevados al cementerio de Cabra.

El doble sacrificio

El padre Guitérrez a don Pepito

Málaga, 4 de abril de 1842.

Mi querido discípulo: Mi hermana, que ha vivido más de veinte años en ese lugar, vive hace dos en mi casa, desde que quedó viuda y sin hijos. Conserva muchas relaciones, recibe con frecuencia cartas de ahí y está al corriente de todo. Por ella sé cosas que me inquietan y apesadumbran en extremo. ¿Cómo es posible, me digo, que un joven tan honrado y tan temeroso de Dios, y a quien enseñé yo tan bien la metafísica y la moral, cuando él acudía a oír mis lecciones en el Seminario, se conduzca ahora de un modo tan pecaminoso? Me horrorizo de pensar en el peligro a que te expones de incurrir en los más espantosos pecados, de amargar la existencia de un anciano venerable, deshonrando sus canas, y de ser ocasión, si no causa, de irremediables infortunios. Sé que frenéticamente enamorado de doña Juana, legítima esposa del rico labrador don Gregorio, la persigues con audaz imprudencia y procuras triunfar de la virtud y de la entereza con que ella se te resiste. Fingiéndote ingeniero o perito agrícola, estás ahí enseñando a preparar los vinos y a enjertar las cepas en mejor vidueño; pero lo que tú enjertas es tu viciosa travesura, y lo que tú preparas es la desolación vergonzosa de un varón excelente, cuya sola culpa es la de haberse casado, ya viejo, con una muchacha bonita y algo coqueta. ¡Ah, no, hijo mío! Por amor de Dios y por tu bien, te lo ruego. Desiste de tu criminal empresa y vuélvete a Málaga. Si en algo estimas mi cariño y el buen concepto en que siempre te tuve, y si no quieres perderlos, no desoigas mis amonestaciones.

De don Pepito al padre Guitérrez

Villalegre, 7 de abril.

Mi querido y respetado maestro: El tío Paco, que lleva desde aquí
vino y aceite a esa ciudad, me acaba de entregar la carta de usted
del 4, a la que me apresuro a contestar para que usted se tran-
quilice y forme mejor opinión de mí. Yo no estoy enamorado de
doña Juana ni la persigo como ella se figura. Doña Juana es una
mujer singular y hasta cierto punto peligrosa, lo confieso. Hará
seis años, cuando ella tenía cerca de treinta logró casarse con el
rico labrador don Gregorio. Nadie la acusa de infiel, pero sí de
que tiene embaucado a su marido, de que le manda a zapatazos y
le trae y le lleva como un zarandillo. Es ella tan presumida y tan
vana, que cree y ha hecho creer a su marido que no hay hombre
que no se enamore de ella y que no la persiga. Si he de decir la
verdad, doña Juana no es fea, pero tampoco es muy bonita; y ni
por alta, ni por baja, ni por muy delgada, ni por gruesa llama la
atención de nadie. Llama, sí, la atención por sus miradas, por sus
movimientos y porque, acaso sin darse cuenta de ello, se empeña
en llamarla y en provocar a la gente. Se pone carmín en las meji-
llas, se echa en la frente y en el cuello polvos de arroz, y se pinta
de negro los párpados para que resplandezcan más sus negros
ojos. Los esgrime de continuo, como si desde ellos estuviesen los
amores lanzando enherboladas flechas. En suma: doña Juana,
contra la cual nada tienen que decir las malas lenguas, va sin
querer alborotando y sacando de quicio a los mortales del sexo
fuerte, ya de paseo, ya en las tertulias, ya en la misma iglesia. Así
hace fáciles y abundantes conquistas. No pocos hombres, sobre
todo si son forasteros y no la conocen, se figuran lo que quieren,
se las prometen felices, y se atreven a requebrarla y hasta a ha-
cerle poco morales proposiciones. Ella entonces los despide con
cajas destempladas. Enseguida va lamentándose jactanciosamen-
te con todas sus amigas de lo mucho que cunde la inmoralidad

y de que ella es tan desventurada y tiene tales atractivos, que no hay hombre que no la requiebre, la pretenda, la acose y ponga asechanzas a su honestidad, sin dejarla tranquila con su don Gregorio.

La locura de doña Juana ha llegado al extremo de suponer que hasta los que nada le dicen están enamorados de ella. En este número me cuento, por mi desgracia. El verano pasado vi y conocí a doña Juana en los baños de Carratraca. Y como ahora estoy aquí, ella ha armado en su mente el caramillo de que he venido persiguiéndola. No hallo modo de quitarle esta ilusión, que me fastidia no poco, y no puedo ni quiero abandonar este lugar y volver a Málaga, porque hay un asunto para mí de grande interés, que aquí me retiene. Ya hablaré de él a usted otro día. Adiós por hoy.

Del mismo al mismo

10 de abril.

Mi querido y respetado maestro: Es verdad, estoy locamente enamorado; pero ni por pienso de doña Juana. Mi novia se llama Isabelita. Es un primor por su hermosura, discreción, candor y buena crianza. Imposible parece que un tío tan ordinario y tan gordinflón como don Gregorio haya tenido una hija tan esbelta, tan distinguida y tan guapa. La tuvo don Gregorio de su primera mujer. Y hoy su madrastra doña Juana la cela, la muele, la domina y se empeña en que ha de casarla con su hermano don Ambrosio, que es un grandísimo perdido y a quien le conviene este casamiento, porque Isabelita está heredada de su madre, y, para lo que suele haber en pueblos como éste, es muy buen partido. Doña Juana aplica a don Ambrosio, que al fin es su sangre, el criterio que con ella misma emplea, y da por seguro que Isabelita quiere ya de amor a don Ambrosio y está rabiando por casarse con él. Así se lo ha dicho a don Gregorio, e Isabelita, llena de miedo, no se atreve a contradecirla, ni menos a declarar que gusta de mí, que soy su novio y que he venido a este lugar por ella.

Doña Juana anda siempre hecha un lince vigilando a Isabelita, a quien nunca he podido hablar y a quien no me he atrevido a escribir, porque no recibiría mis cartas.

Desde Carratraca presumí, no obstante, que la muchacha me quería, porque involuntaria y candorosamente me devolvía con gratitud y con amor las tiernas y furtivas miradas que yo solía dirigirle.

Fiado solo en esto vine a este lugar con el pretexto que ya usted sabe.

Haciendo estaría yo el papel de bobo, si no me hubiese deparado la suerte un auxiliar poderosísimo. Es éste la chacha Ramoncica, vieja y lejana parienta de don Gregorio, que vive en su casa como ama de llaves, que ha criado a Isabelita y la adora, y que no puede sufrir a doña Juana, así porque maltrata y tiraniza a su niña, como porque a ella le ha quitado el mangoneo que antes tenía. Por la chacha Ramoncica, que se ha puesto en relación conmigo, sé que Isabelita me quiere; pero que es tímida y tan bien mandada, que no será mi novia formal, ni me escribirá, ni consentirá en verme, ni se allanará a hablar conmigo por una reja, dado que pudiera hacerlo, mientras no den su consentimiento su padre y la que tiene hoy en lugar de madre. Yo he insistido con la chacha Ramoncica para ver si lograba que Isabelita hablase conmigo por una reja; pero la chacha me ha explicado que esto es imposible. Isabelita duerme en un cuarto interior, para salir del cual tendría que pasar forzosamente por la alcoba en que duerme su madrastra, y apoderarse además de la llave, que su madrastra guarda después de haber cerrado la puerta de la alcoba.

En esta situación me hallo, mas no desisto ni pierdo la esperanza. La chacha Ramoncica es muy ladina y tiene grandísimo empeño en fastidiar a doña Juana. En la chacha Ramoncica confío.

Del mismo al mismo

15 de abril.

Mi querido y respetado maestro: La chacha Ramoncica es el mismo demonio, aunque, para mí, benéfico y socorrido. No sé cómo se las ha compuesto. Lo cierto es que me ha proporcionado para mañana, a las diez de la noche, una cita con mi novia. La chacha me abrirá la puerta y me entrará en la casa. Ignoro a dónde se llevará a doña Juana para que no nos sorprenda. La chacha dice que yo debo descuidar, que todo lo tiene perfectamente arreglado y que no habrá el menor percance. En su habilidad y discreción pongo mi confianza. Espero que la chacha no habrá imaginado nada que esté mal; pero en todo caso, el fin justifica los medios, y el fin que yo me propongo no puede ser mejor. Allá veremos lo que sucede.

Del mismo al mismo

17 de abril.
Mi querido y respetado maestro: Acudí a la cita. La pícara de la chacha cumplió lo prometido. Abrió la puerta de la calle con mucho tiento y entré en la casa. Llevándome de la mano me hizo subir a oscuras las escaleras y atravesar un largo corredor y dos salas. Luego penetró conmigo en una grande estancia que estaba iluminada por un velón de dos mecheros, y desde la cual se descubría la espaciosa alcoba contigua. La chacha se había valido de una estratagema infernal. Si antes me hubiera confiado su proyecto, jamás hubiera yo consentido en realizarle. Vamos... si no es posible que adivine usted lo que allí pasó. Don Gregorio se había quedado aquella noche a dormir en la casería, y la perversa chacha Ramoncica, engañándome, acababa de introducirme en el cuarto de doña Juana. ¡Qué asombro el mío cuando me encontré de manos a boca con esta señora! Dejo de referir aquí, para no pecar de prolijo, los lamentos y quejas de esta dama. Las muestras de dolor y de enojo, combinadas con las de piedad, al creerme víctima de un amor desesperado por ella, y los demás extremos que hizo, y a los cuales todo atortolado no sabía yo qué responder ni cómo justificarme. Pero no fue esto lo peor, ni se limitó a tan poco la maldad de la chacha Ramoncica. A don Gregorio, varón pacífico, pero celoso de su honra, le escribió un anónimo revelándole que su mujer tenía a las diez una cita conmigo. Don Gregorio, aunque lo creyó una calumnia, por lo mucho que confiaba en la virtud de su esposa, acudió con don Ambrosio para cerciorarse de todo.

Bajó del caballo, entró en la casa y subió las escaleras sin hacer ruido, seguido de su cuñado. Por dicha o por providencia de la chacha, que todo lo había arreglado muy bien, don Gregorio tropezó en la oscuridad con un banquillo que habían atravesado por medio y dio un costalazo, haciendo bastante estrépito y lanzando algunos reniegos.

Pronto se levantó sin haberse hecho daño y se dirigió precipitadamente al cuarto de su mujer. Allí oímos el estrépito y los reniegos, y los tres, más o menos criminales, nos llenamos de consternación.

—¡Cielos santos! —exclamó doña Juana con voz ahogada—. Huya usted, sálveme; mi marido llega.

No había medio de salir de allí sin encontrarse con don Gregorio, sin esconderse en la alcoba o sin refugiarse en el cuarto de Isabelita, que estaba contiguo. La chacha Ramoncica, en aquel apuro, me agarró de un brazo, tiró de mí, y me llevó al cuarto de Isabelita, con agradable sorpresa por parte mía. Halló don Gregorio tan turbada a su mujer, que se acrecentaron sus recelos y quiso registrarlo todo, seguido siempre de su cuñado. Así llegaron ambos al cuarto de Isabelita. Ésta, la chacha Ramoncica como tercera y yo como novio, nos pusimos humildemente de rodillas, confesamos nuestras faltas y declaramos que queríamos remediarlo todo por medio del santo sacramento del matrimonio. Después de las convenientes explicaciones y de saber don Gregorio cuál es mi familia y los bienes de fortuna que poseo, don Gregorio, no solo ha consentido, sino que ha dispuesto que nos casemos cuanto antes. Doña Juana, a regañadientes, ha tenido que consentir también, a lo que ella entiende para salvar su honor. Y hasta me ha quedado muy agradecida, porque me sacrifico para salvarla. Y más agradecida ha quedado a Isabelita, que por el mismo motivo se sacrifica también, a pesar de lo enamorada que está de don Ambrosio.

No he de negar yo, mi querido maestro, que la tramoya de que se ha valido la chacha Ramoncica tiene mucho de censurable; pero tiene una ventaja grandísima. Estando yo tan enamorado de doña Juana y estando Isabelita tan enamorada de don Ambrosio, los cuatro correríamos grave peligro si mi futura y yo nos quedásemos por aquí. Así tenemos razón sobrada para largarnos de este lugar, no bien nos eche la bendición el cura, y huir de dos tan apestosos personajes como son la madrastra de Isabelita y su hermano.

De doña Juana a doña Micaela, hermana del padre
Guitérrez

4 de mayo.

Mi bondadosa amiga: Para desahogo de mi corazón, he de
contar a usted cuanto ha ocurrido. Siempre he sido modesta.
Disto mucho de creerme linda y seductora. Y sin embargo,
yo no sé en qué consiste; sin duda, sin quererlo yo, y hasta sin
sentirlo, se escapa de mis ojos un fuego infernal que vuelve
locos furiosos a los hombres. Ya dije a usted la vehemente y
criminal pasión que en Carratraca inspiré a don Pepito, y lo
mucho que éste me ha solicitado, atormentado y persegui-
do, viniéndose a mi pueblo. Crea usted que yo no he dado a
ese joven audaz motivo bastante para el paso, o mejor diré,
para el precipicio a que se arrojó hace algunas noches. De
rondón, y sin decir oste ni moste, se entró en mi casa y en mi
cuarto para asaltar mi honestidad, cuando estaba mi marido
ausente. ¡En qué peligro me he encontrado! ¡Qué compro-
miso el mío y el suyo! Don Gregorio llegó cuando menos
lo preveníamos. Y gracias a que tropezó en un banquillo,
dio un batacazo y soltó algunas de las feas palabrotas que él
suele soltar. Si no es por esto, nos sorprende. La presencia de
espíritu de la chacha Ramoncica nos salvó de un escándalo
y tal vez de un drama sangriento. ¿Qué hubiera sido de mi
pobre don Gregorio, tan grueso como está y saliendo al cam-
po en desafío? Solo de pensarlo se me erizan los cabellos. La
chacha, por fortuna, se llevó a don Pepito al cuarto de Isabel.
Así nos salvó. Yo le he quedado muy agradecida. Pero, aún
es mayor mi gratitud hacia el apasionado don Pepito, que,
por no comprometerme, ha fingido que era novio de Isabel,
y, hacia mi propia hija política, que ha renunciado a su amor
por don Ambrosio y ha dicho que era novia del joven mala-
gueño. Ambos han consumado un doble sacrificio para que

yo no pierda mi tranquilidad ni mi crédito. Ayer se casaron y se fueron enseguida para esa ciudad. Ojalá olviden ahí, lejos de nosotros, la pasión que mi hermano y yo les hemos inspirado. Quiera el cielo que, ya que no se tengan un amor muy fervoroso, lo cual no es posible cuando se ha amado con fogosidad a otras personas, se cobren mutuamente aquel manso y tibio, afecto, que es el que más dura y el que mejor conviene a las personas casadas. A mí, entretanto, todavía no me ha pasado el susto. Y estoy tan escarmentada y recelo tanto mal de este involuntario fuego abrasador que brota a veces de mis ojos, que me propongo no mirar a nadie e ir siempre con la vista clavada en el suelo.

Consérvese usted bien, mi bondadosa amiga, y pídale a Dios en sus oraciones que me devuelva el sosiego que tan espantoso lance me había robado.

Madrid, 1897

Libros a la carta

A la carta es un servicio especializado para
empresas,
librerías,
bibliotecas,
editoriales
y centros de enseñanza;
y permite confeccionar libros que, por su formato y concepción, sirven a los propósitos más específicos de estas instituciones.

Las empresas nos encargan ediciones personalizadas para marketing editorial o para regalos institucionales. Y los interesados solicitan, a título personal, ediciones antiguas, o no disponibles en el mercado; y las acompañan con notas y comentarios críticos.

Las ediciones tienen como apoyo un libro de estilo con todo tipo de referencias sobre los criterios de tratamiento tipográfico aplicados a nuestros libros que puede ser consultado en Linkgua-ediciones.com.

Linkgua edita por encargo diferentes versiones de una misma obra con distintos tratamientos ortotipográficos (actualizaciones de carácter divulgativo de un clásico, o versiones estrictamente fieles a la edición original de referencia).

Este servicio de ediciones a la carta le permitirá, si usted se dedica a la enseñanza, tener una forma de hacer pública su interpretación de un texto y, sobre una versión digitalizada «base», usted podrá introducir interpretaciones del texto fuente. Es un tópico que los profesores denuncien en clase los desmanes de una edición, o vayan comentando errores de interpretación de un texto y esta es una solución útil a esa necesidad del mundo académico.

Asimismo publicamos de manera sistemática, en un mismo catálogo, tesis doctorales y actas de congresos académicos, que son distribuidas a través de nuestra Web.

El servicio de «libros a la carta» funciona de dos formas.

1. Tenemos un fondo de libros digitalizados que usted puede personalizar en tiradas de al menos cinco ejemplares. Estas personalizaciones pueden ser de todo tipo: añadir notas de clase para uso de un grupo de estudiantes, introducir logos corporativos para uso con fines de marketing empresarial, etc. etc.

2. Buscamos libros descatalogados de otras editoriales y los reeditamos en tiradas cortas a petición de un cliente.

www.ingramcontent.com/pod-product-compliance
Lightning Source LLC
Chambersburg PA
CBHW020322150626
46552CB00022B/3161